"智多星管小正"青少年系列法治安全小说 第三辑

我不是管小正

解淑平／著

天地出版社｜TIANDI PRESS

图书在版编目（CIP）数据

我不是管小正 / 解淑平著. — 成都：天地出版社，
2022.9
（"智多星管小正"青少年系列法治安全小说. 第三辑）
ISBN 978-7-5455-7203-2

Ⅰ. ①我… Ⅱ. ①解… Ⅲ. ①长篇小说—中国—当代
Ⅳ. ①I247.5

中国版本图书馆CIP数据核字（2022）第142312号

WO BUSHI GUANXIAOZHENG
我不是管小正

出 品 人	杨　政
作　　者	解淑平
责任编辑	李红珍　李菁菁
责任校对	马志侠　黄珊珊
封面插图	玖玥平面设计工作室
内文插图	郭　黎
内文排版	蚂蚁书坊
责任印制	董建臣

出版发行	天地出版社
	（成都市锦江区三色路238号 邮政编码：610023）
	（北京市方庄芳群园3区3号 邮政编码：100078）
网　　址	http://www.tiandiph.com
电子邮箱	tianditg@163.com
经　　销	新华文轩出版传媒股份有限公司

印　　刷	三河市兴国印务有限公司
版　　次	2022年9月第1版
印　　次	2022年9月第1次印刷
开　　本	710mm×1000mm　1/16
印　　张	7.5
字　　数	120千字
定　　价	24.80元
书　　号	ISBN 978-7-5455-7203-2

在文学作品中培育法治信仰

法治和文学，关系非常紧密。这一点，在"智多星管小正"青少年系列法治安全小说中体现得尤为突出。

2019年6月至今，"智多星管小正"青少年系列法治安全小说已经出版了两辑，包括《人贩子来了》《爷爷家里的陌生人》《少年谍中谍》《地下室里的火药味》《隐秘的假面人》《天降飞瓶》《拯救猫头鹰》《谁偷走了指环》。现在是第三辑，包括《隐秘的枪手》《假面冠军》《我不是管小正》《大象的魔哨》。

有朋友和读者对主人公管小正的名字很好奇，这个12岁的小男孩为什么叫管小正，不叫张小正、李小正呢？原因很简

单：一是"管"这个姓在我的家乡山东高密东北乡是大姓；二是一棵小树苗要经过不断修剪才能长得周周正正，成长期的孩子也像小树苗一样，需要时时提醒、严格把关才能走正道，所以这套书的主人公就起名为"管小正"了。

第三辑的故事与交通安全、财产安全、人身安全、消防安全、粮食安全、消费安全、诚实信用、食品安全等有关，涉及《中华人民共和国宪法》《中华人民共和国民法典》《中华人民共和国刑法》《中华人民共和国未成年人保护法》《中华人民共和国野生动物保护法》《中华人民共和国非物质文化遗产法》《中华人民共和国反食品浪费法》《中华人民共和国治安管理处罚法》《中华人民共和国食品安全法》《中华人民共和国产品质量法》《中华人民共和国消费者权益保护法》《中华人民共和国环境噪声污染防治法》《中华人民共和国消防法》等多部法律法规。虽然我不想现在剧透，但我还是忍不住想要为大家介绍一下书里的内容：

比如，《隐秘的枪手》。管小正在家里遇到了盗贼，他是如

何自我保护化险为夷的；好朋友迷上了网络游戏，管小正是如何防止她沉迷的；小区里有一群骑单车的少年，他们给小区居民带来了安全隐患和困扰，大人和孩子们是如何达成一致共同遵守规则的；小区里有孩子玩水弹枪频频打到人身上，这到底是怎么回事……

比如，《假面冠军》。管小正的好朋友迷上了盲盒，花光了所有的零花钱；小区地下室冒出了黑烟，这是怎么回事；李乒乓赢得了冠军，领奖的时候李乒乓也跑到了台上，到底谁是冠军；学校的午餐盒饭经常被倒进厨余垃圾桶，是什么让孩子们意识到要爱惜粮食……

比如，《我不是管小正》。管小正在马儿多农场的新朋友吴二毛被拐卖了，他在游乐场门口遇到管小正，请求管小正帮忙，管小正却说自己不是管小正，这是怎么回事？饭店门前有人"猜绿豆"，为什么猜的人总是猜不中？路边开了很多金银花，为什么小迪摘了泡水喝却中毒了？……

比如，《大象的魔哨》。管小正家给然鹅吃食用的猫碗丢了，

到底是谁偷的；凤城要举办全国民艺大赛，聂家庄泥塑的后人聂老三传承泥塑这一非物质文化遗产，创作了《走失的象群》，不料有人声称自己是象群泥塑的制作者……

《大象的魔哨》与动物有关，确切地说与我的家乡山东有关。泥老虎和茂腔都是高密特色，风筝之都在潍坊。如今，聂家庄泥塑、茂腔、潍坊风筝等已被列入国家级非物质文化遗产名录。希望读者们在阅读中了解到社会各界为非物质文化遗产保护、传承、创新所做出的努力，增强青少年对文化多样性和人类创造力的认同和尊重……

公平、公正、公德、法治、诚信、诚实、责任……这些都与青少年未来的法治思维、法治精神息息相关，如何能让青少年从故事里了解这些词语的含义，并且能化身其中，跟着跌宕起伏的情节去想象、思考，这是我的创作初衷。我始终认为："智多星管小正"系列是生活化的法治文学，正是因为法治生活和法治文学的结合，才使它能更鲜明、更准确、更直接地表

达青少年法治教育的本质。

关于书里的其他内容，我就不一一剧透了。希望青少年朋友们在阅读的过程中联系生活，让自己树立规则意识，领悟公序良俗的含义，传播法治声音，培育法治信仰。

"智多星管小正"系列出版后深受读者们的喜欢，《地下室里的火药味》入选《2020 年四川省农家书屋重点出版物推荐目录》，《爷爷家里的陌生人》《人贩子来了》入选国家新闻出版署《2021 年农家书屋重点出版物推荐目录》，《隐秘的假面人》《天降飞瓶》入选《四川省教育厅主题阅读推荐书目》。此外，"智多星历险记"法治安全广播剧于 2021 年 5 月在喜马拉雅平台播出，截至 2022 年 2 月收听量已达 2000 万，学习强国平台也进行了推荐。很多教师反馈，"智多星管小正"青少年系列法治安全小说已成为《道德与法治》学科课外拓展读本。这些都是我继续创作的动力。

"智多星管小正"青少年系列法治安全小说在出版过程中

得到了文学、教育、法律等各界专家学者的支持和关心。在此，郑重地向张之路先生、朱永新先生、李希贵先生、田思源先生、袁治杰先生、曹鎏女士等专家和前辈表示诚挚的敬意；感谢赵辉女士、王兰涛女士对图书的审订；感谢出版社和幕后工作人员，是你们精益求精的态度让我的作品能更好地呈现在读者面前。然而，我十分清楚的是，无论如何修正，读者们总能在书中找到一些纰漏，我也希望听取更多的评价和反馈，未来写出更多更有意义的作品。

希望我们一起，播撒法治的种子，助力青少年法治教育建设，为青少年学法、知法、懂法、守法、护法提供有益的帮助。

是为序。

解淑平

2022 年 2 月 24 日

主角档案

姓名：管小正
出生地：北京
年龄：12 岁
理想：当个大侦探
口头禅：这里面一定有问题

姓名：小麦
出生地：马儿多农场
年龄：13 岁
理想：还没想好
口头禅：看来又有大任务啦

姓名：小米
出生地：马儿多农场
年龄：16 岁
理想：成为美食家
口头禅：这你就不懂了

姓名：然鹅
出生地：某处水畔
年龄：不详
口头禅：克噜——克哩——克哩

1 〈第一章〉
我不是管小正

暑假，管小正回到了马儿多农场，那天正好赶上农场大集。

马儿多农场的集市不算大，只是十里八村的庄户人把自家种的蔬菜和水果什么的送到农场中央的大街上叫卖，但大家还是很爱到集上凑热闹，遇到熟人总能扯个闲天。

红彤彤的蜜薯刚从地里扒出来，摆在摊位上，看着就让人流口水。

"大妈，买蜜薯，买蜜薯。"管小正吵着要吃。

"什么'秘书'？我们这是卖地瓜的。"摊主看了管小正一

眼，不紧不慢地说。

大妈一听，笑起来，对管小正说："在农场，你要管蜜薯叫地瓜，人家才听得懂。"说着，大妈蹲下来准备挑地瓜，她看到后屋的大叔也蹲在地上挑，忙打招呼："熊老麻子叔，买地瓜呢？"

熊老麻子说："这地瓜看着挺好的，你是不是也要来点儿？"

地瓜摊主听了打抱不平："你也太欺负人了吧！人家年纪大，你叫人家叔不就完了吗？非得在前面加上个'熊老麻子'。"

大妈还没申辩，熊老麻子已经言声了："不叫我'熊老麻子'叫啥呀？我就姓熊啊，她要是喊我别的老王、老刘的，我还不乐意呢。"

一番话说得卖地瓜的和周围的人都哈哈大笑起来。管小正就喜欢集市上的这股热闹劲儿。

"鲜桃，鲜桃，咱们本地的鲜桃——鲁蜜一号，来尝一尝、看一看了啊！"离马儿多农场不远的桃树坡种着大片桃树，更新换代的新品种结出的果子又大又甜，人们管它叫"鲁蜜一号"，好吃极了。

管小正看到了"鲁蜜一号"，拿起一个来，跟小米说："咱

们买点儿桃子吧。"

小米还没答话，管小正就听到身后有人喊："躲开，躲开，快——"没等他回过神来，便有人横冲直撞了过来，撞掉了他手里的桃子，他眼睁睁地看着"鲁蜜一号"落在地上碎成了几瓣。他心疼桃子，也心疼自己的手，他的手被那个鲁莽的小孩撞得生疼。

管小正龇牙咧嘴地忍着疼，回过头气鼓鼓地质问："谁呀这是？走路也不小心点儿！"

没人回应他，眼前也没人影。

他气不打一处来："谁啊这是！"

小米说："人啊，在那儿呢。"她用一只手捂着嘴偷笑，另一只手往地瓜摊边上一指。不知道是谁的身子扎进了麦草垛，只露出两条腿蹬蹬着，旁边一辆深蓝色的滑板车也歪到了一边。

管小正一看就明白了："这谁家的小孩啊？滑滑板车也不小心点儿。"

等他再仔细打量时，才发现那辆深蓝色的滑板车有些眼熟，他上前摸了摸车把，说："这不是我小时候的滑板车吗？怎么给别人了？"

小米说："哦，可能是我妈把你的滑板车送人了。"

管小正说："送人就送人了吧，反正我也不滑了。"

滑滑板车的孩子已经从麦草垛里钻了出来，头上满是麦草秸，像是一个没搭建好的鸟窝。

人群一下子爆笑。

那个孩子完全不知道头上满是麦草秸，他听到了管小正和小米的一问一答，以为他们要抢滑板车，赶紧冲到滑板车面前，生怕被抢了去，说："这是我的。"

那个孩子把管小正的桃子给撞飞了，撞得管小正的手到现在还在疼，现在又说车是他的。车现在确实是他的，但毕竟曾

经是管小正的，他不应该这个态度。

管小正也较起了劲："这车是我的！"

男孩说："车是我的！"

管小正说："车是我的！"

男孩说："你说这是你的，那你叫它，它答应吗？"

管小正笑了，指着滑板车说："不用它答应。你看，在车上可有我做的记号呢。"

小男孩说："你骗人，能有什么记号？"

管小正说："我在车子手柄的下面刻上了我的名字，不信你去找找看吧，找到了，你就知道我的名字了！"

那男孩紧紧地握着滑板车的把手，用眼睛自上而下寻找着，果真毫不费力地就在把手下面的拉杆处找到了三个字，他吃惊地念出来："管小正。"念完，他的两只手更加用力地扶住了滑板车的车把，望着眼前双臂交叠的管小正，问："这车真是你的？"

管小正说："那还有假？这是我妈给我买的，质量特别好。"

男孩赶紧凑过来，讨好地说："我知道这个车是别人送给我的，不过不知道是你的，谢谢你啊管小正——哥哥，我能叫你哥哥吗？不过滑板车已经送我了，你可不许再要回去！"

　　说话的空当，管小正注意到，男孩的眼睛忽闪忽闪，眼睫毛长长的，好看极了。他听出了男孩话里的讨好，挥了挥手，说："都送你了，我还要什么呀！"

　　"人家都说送你了，还不快走，这熊孩子。"卖桃子的想赶紧把男孩轰走，怕他再撞着别人。

　　"那冯七爷，我走了。"说完，男孩干脆利落地滑着滑板车去了别的地方。

　　"桃子你还要不要？"卖桃子的问。

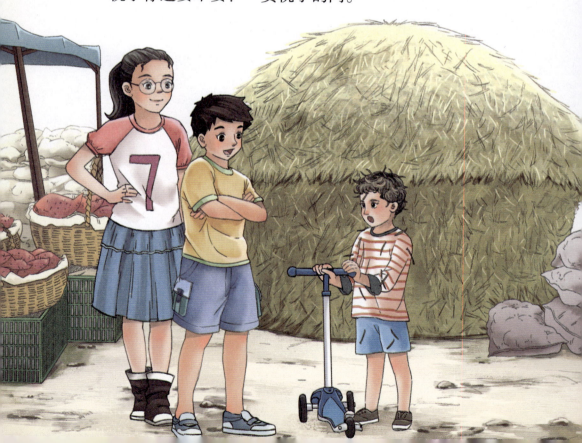

"要，我们挑几个。"小米继续买桃子。

"你们认识？"管小正问卖桃子的。

"认识，我是桃树坡的冯老七，这个男孩也是桃树坡的，叫吴二毛。"

"桃树坡？"管小正在大脑里搜索这个地名。

"就是上次咱们去追回换假钞的那个人的桃树坡。"小米连忙说道。

冯老七还告诉管小正，吴二毛家种了好些西瓜。前几年，收的西瓜倒是不少，但是要么卖不上价钱，要么就遇上冰雹，好多西瓜都打了水漂。

"他们家的事，我也听说了一些。我妈看他们家过得困难，就把咱们家一些不用的东西送给了他家，你的滑板车、玩具手枪和卡片什么的也都送给他了。"小米忙对管小正说。

"送就送了吧，我也不滑了，也用不上了，要不也是闲着。"管小正说，"这叫资源再利用。"

二

晚饭时，大伯提醒三个孩子，这些日子经常有陌生人出没

于马儿多农场往北到桃树坡一带，有的说是弹棉花的，有的说来收西瓜的，但是他们并没有弹棉花机，也没收任何一家的西瓜，八成是来摸底偷东西或是拐小孩的。

马儿多农场和桃树坡在国道边上，来往车辆很多，大人嘱咐孩子，要少到路边玩儿。大伯带回来的消息让大人们警惕起来，老管家的三个孩子只好待在家里，即便是出去玩儿，也大多是跟大人们一起。

没过几天，马儿多农场传出了坏消息，桃树坡的吴二毛不见了。

"我就说嘛，不让你们出去玩儿，这不就出事了。"大伯庆幸自己有先见之明。

"八成是被拐跑了吧？"大妈道听途说，跟三个孩子说大家对这件事的猜测。

管小正直嘀咕："那个小孩看着挺机灵的，怎么说不见就不见了呢？"

大妈要去岛城办点事，岛城离马儿多农场 100 公里，是离凤城最近的大城市。

小米央求大妈带她一起去岛城，理由是她考试成绩优异，大妈之前答应了要带她出去玩儿，作为奖励。小麦和管小正自然也不能落下。

大妈不会开车，计划带着三个孩子坐客车去岛城。在去客车站的路上，大妈显然是受了吴二毛失踪的刺激，生怕三个孩子走丢，不停地嘱咐："跟紧了，不要乱跑，城里人多，万一找不着可就麻烦了。"

"妈，我们都是半个大人了，谁能拐走我们啊！"小米说。

"还是小心的好，小心驶得万年船。"大妈锁着眉头，表情严肃地说。

"好好好，我们紧紧地跟在您身边，绝对不乱跑。"管小正的及时表态让大妈很是欣慰。

四个人朝马儿多农场北边的加油站走去，那儿是大客车停车点。乘客们排着队焦急地等着客车的到来。

一个黑瘦的男人引起了大家的注意，他正在给摩托车加油，手里还拿着一摞打印的材料。他离排队的乘客并不远，管小正隐约看到材料上印着一幅大照片。

他边加油，边向加油站的人打听："有没有看到一个身高大约一米一、挺瘦的、长得挺机灵的小男孩？"

加油站的人说："我们知道那个孩子是你们家二毛，要是谁看见了保准第一时间告诉你。"

< 第一章 >

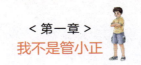

我不是管小正

那个黑瘦男人一脸愁苦，说："麻烦你们看到他一定告诉我，我一定要找到我的孩子。"

大妈告诉三个孩子，这个人是吴二毛的爸爸吴金贵。今年吴二毛家又种了十几亩西瓜，本想着赶紧把西瓜卖掉换成钱翻盖家里的矮趴趴屋，没想到吴二毛不见了，一家人忙着四处找孩子，西瓜都烂在了地里。好在有村里人帮衬着，见着收西瓜的瓜贩子来，帮着把吴二毛家地里的西瓜摘了，好赖卖成了钱。

"吴二毛不见了，他家的人都急疯了。"吴二毛一家的事让三个孩子沉默了。

大客车来了，大妈带着三个孩子上了车。一路上，凤城地界的树干上、路边的墙上贴了很多寻找吴二毛的寻人启事。等到了岛城地界，便再也看不到了。

大妈一行四人在岛城汽车站下了车，又打了辆车去了商场，买了一些衣服和日用品。小麦想好不容易来趟岛城，不能放过去游乐场玩儿的机会。大妈也觉得进一趟岛城不容易，就同意了。

大妈和小米去游乐场入口右侧的售票处买门票，让小麦和

管小正在树荫下等着。

"大哥哥，可怜可怜我吧，可怜可怜我吧，给点吃的、给点喝的、给点钱吧。"大妈买票的时候，有个小孩拉住管小正的衣服，央求道。

管小正正盯着卖票的窗口，想赶紧到游乐场玩，看到小米取了票从排队的队伍里挤了出来，他也想紧跟着走过去，忽然听到那个小孩又叫他："管小正哥哥，管小正哥哥，带我走吧，带我走吧。"

管小正停住脚步，仔细打量着眼前的小男孩：他浑身脏兮兮的，头发又脏又乱，像个鸟窝一样，鼻子不知道是摔的还是被人打的，青了一块，衣服也破了个大窟窿。但是他看管小正的时候眼睛放着光，仿佛抓住了救命绳，他那双忽闪忽闪的大眼睛让管小正心头一紧。

这小孩在哪儿见过吧？管小正突然想起那天，一个横冲直撞的小男孩滑着滑板车撞了他的那一幕，当时的小男孩野气得很，此时此刻，怎么成了个小可怜了呢？

管小正还沉浸在回忆中，小男孩又恳求道："哥哥，带我走吧。"

小麦见小男孩缠着管小正，还知道管小正的名字，就疑惑地问："你认识他呀？"

管小正说："我不认识。"

小米正在数门票，一旁的大妈听到说话声，也跑了过来，谨慎地问："不认识他，他干吗拉着你呀？"

管小正高声说："大概是认错人了吧！"接着，他回头对小男孩说："快走快走，我不认识你，真讨厌，看你脏兮兮的，我怎么会认识你呀？"

小男孩可怜巴巴地看着他，说："你真的不记得我了？滑板车……"

管小正说："滑板车？看你穿得破破烂烂的，还会滑滑板车？太逗了吧你！"说完，管小正拉着小麦和大妈急急离开

了，没有再看身后小男孩抹着眼泪的身影。

小男孩想回家，他不知道是谁把他拐到了这里，这是哪儿他也不知道。他才上完一年级，暑假后就要升入二年级了，他认识的字并不多，这时后悔起来。姐姐吴枣枣让他多认识些字，让他好好学习，他不听，嫌啰唆，结果被拐到了不知道是哪儿的地方，连公园大门上写的是什么都看不懂，也不知道离家有多远。

小男孩坐在地上，嘤嘤地哭起来。

三

"哎哟，我肚子疼，我得去上厕所。"管小正边拉着小麦跑边捂着肚子嚷嚷，"一定是吃了什么东西，吃坏了肚子，这里面一定有问题，这里面一定有问题。"

大妈说："游乐场里有厕所，咱进去再上厕所吧。"

管小正说："不行不行，游乐场里的厕所还不知道在哪儿呢，要是找不着厕所我还不得拉裤子里，我得先去找个厕所。"

"这里面一定有问题？"小麦跟在他身后悄声问，"你是说这周围很可疑？"

"是啊，是啊，你真聪明。"管小正不动声色，悄悄说出了只有小麦能听懂的话。

"你们说什么呢？"大妈问。

"没什么，我得找厕所，赶紧。"管小正急得满头冒汗。

于是，大妈和小米、小麦陪着管小正询问工作人员，得知在游乐场前面三十多米的拐角处有一个公共厕所。管小正一边大声嚷嚷着肚子疼，一边小声跟大妈说："大妈，咱们得赶紧报警。我发现了一个小男孩，应该是走丢了的吴二毛，他就在游乐场门口。您别回头看，别让人看出来。"

大妈镇定了一下，问："真的？"

管小正说："您别着急，也别大惊小怪的，咱们得赶紧报警。"

小米听到了他们的嘀咕，小声问："发生了什么事？"

管小正说："小米，你刚才买票的时候发生了天大的事。我认识那个男孩。你假装回个头，要装作毫不在意地回头，确认一下，那个坐在地上的小孩是不是桃树坡的吴二毛，就是那天滑滑板车撞了我的小男孩。"

小米心领神会地回了下头，说："这么热，我得找个阴凉的地方等你。"她用眼睛往前方一瞟，回过头来悄声说，"我觉得跟吴二毛很像。"

小麦咽了口唾沫，小声说："你这么一说，我还真想起来了，他跟咱们在加油站看到的寻人启事里的男孩有七八分像。可是，你刚刚为啥说不认识他呀？"

管小正说："待会儿再告诉你，来不及了，得赶紧报警。"

大妈额头已经冒出汗了，但她冷静地布置着任务："小米和小麦，你俩盯着那个小孩，再看看周围有没有可疑的人盯着咱们。小正去厕所，要是厕所没人，你就打电话报警。"

"为什么非得厕所没人时才报警啊？"小麦问。

大妈解释道："万一周围有人贩子的同伙呢，要是人贩子的同伙发现咱们报警了，还不得跟咱们没完。小正，千万要注意男厕所有没有可疑人员。我们在厕所门口守着，要是有人进男厕所，我就大声咳嗽，你在里面应该能听到。"

管小正眨了眨眼睛，说："好的，放心吧。"

小麦神情紧张地应着："原来是这样啊。"说完又小声道，"看来又有大任务了。"

管小正继续佯装肚子难受，一下子冲进了厕所，见四下无人，赶紧拨打了110。

电话刚打完，便听到外面传来一阵咳嗽声，他佯装拉了肚子，嘟囔道："一定是西瓜吃多了，肚子怎么这么难受？"

从厕所里走出来时，迎面过来一个壮实的年轻人，管小正紧走几步，出了厕所。壮实的年轻人并没有跟来，管小正长舒一口气，心里却起了波澜，他跟厕所可真有缘：人贩子拐卖他时，他是在厕所里发出的求救信号；发现饭店的小鸡炖蘑菇里放了罂粟壳，藏匿罂粟壳的地方也是在厕所。一而再再而三的厕所奇遇，哎，他怎么跟厕所较上劲儿了？

大妈和两个女儿站在厕所边上的阴凉处，扇着纸巾抱怨天气热，抱怨游乐场人多。

不远处的吴二毛还在抽噎，哭了一会儿后，又往游乐场门口的游客面前凑，求游客给点儿钱。管小正发现，他走起路来，腿有一点儿瘸。

吴二毛边哭边跟行人说："哥哥姐姐，大叔大妈，我没钱吃饭了，行行好，给点儿饭吃吧。"有的人同情他，给个一两块钱的；有的人说"去去去"。

吴二毛一直抹着眼泪，一直在大太阳底下暴晒着。

见管小正从厕所出来，小麦抱怨道："你上个厕所费半天

劲儿，你看，游乐场排队的人那么多，咱们玩一个项目就得半小时，你还磨磨蹭蹭的！"

"他肚子疼嘛，又不是故意的。"小米说。

"就是就是。"管小正难为情地打着哈哈。

四个人一边吵吵着一边往不远处看：有个戴眼镜的男人走到小男孩身边，对他说："孩子不哭不哭，赶紧跟我回家吧。"

吴二毛问："你是谁呀？"

那人说："我是你爸啊，我找你找得好辛苦啊，快跟我回家。"说完拽起吴二毛的胳膊，就要带他走。

"这个——你不是我爸爸呀。"吴二毛想反抗，但那个人的力气太大，他根本拗不过。

"完了，他又遇到另一伙人贩子了。"管小正看得心都要蹦出来了。

"哎呀，救兵什么时候到啊？"小麦也焦急万分。

"等等，再等等，不要轻举妄动。"大妈把三个孩子拢在自己身边，让他们冷静。

这个时候，人群里突然冒出两个彪形大汉，他们冲向那个"眼镜男"，挑头的说："你放下他，他是我们的孩子。"

　　"眼镜男"说："你们的孩子？你们的孩子你们怎么不管他？让他要饭？"

　　彪形大汉说："怎么管他是我们的事，你放开他。"

　　"眼镜男"说："我偏不放，我就看中这小孩了。"

　　几个彪形大汉向"眼镜男"冲过来，眼看两伙人就要打起来，说时迟，那时快，人群中又冲出来几个人，他们说："不许动，我们是警察。"

　　"救星来了，救星来了。"小麦捅了一下管小正，在心里

默念。

挑头的彪形大汉抬腿要跑，他旁边的国字脸民警一个拳头过去，把他打倒在地。另外几个人要跑，也都被团团围住。不一会儿，这几个人就全都被制伏了。

管小正目瞪口呆地看着民警们迅雷不及掩耳的重拳出击，他纳了闷儿，为什么"眼镜男"不怕这些警察呢？有意思的是，他不但不害怕警察，还跟警察们一起把那些彪形大汉给捆起来了。这是怎么回事儿呢？

"你叫什么？你家人叫什么？家在哪儿？知道吗？""眼镜男"问小男孩。

"我叫吴二毛，我爸叫吴金贵，我家在桃树坡。"小男孩说。

"桃树坡？哪儿的桃树坡？"国字脸民警又问。

"桃树坡在哪儿？我也不知道。"吴二毛被刚才的阵势吓蒙了，连桃树坡在凤城都忘得一干二净，也可能是真的不知道。

"桃树坡在凤城。"管小正回答。

"咦，你是怎么知道的？"国字脸民警望着管小正，管小正冲他点了点头，好像是对上了什么暗号。

"我家离桃树坡不远，那个小男孩叫吴二毛。"管小正回答。

"凤城就在离岛城不远的高密。"大妈忙补充道。

"拐得还不近啊。"国字脸民警说。

"我这就跟桃树坡那边联系，通知孩子的家人来认领。""眼镜男"跟其中一个穿制服的民警说。

那民警点点头，说："快，家里人估计都要急疯了。"说完他跟挑头的彪形大汉说："我们盯你们很久了，作恶不少啊，半年拐了六个孩子。说，其他的孩子在哪儿啊？"

挑头的彪形大汉支支吾吾地说："你说什么呀？我不知

道啊。"

那民警说："别装了，孩子都拐了，我们要是不用点儿计策，你们哪能这么容易上钩！"

"不过也得感谢人民群众，及时报了警。""眼镜男"说。

到这时，管小正才咂摸过味儿来：原来，"眼镜男"是便衣警察啊！

围观的人群已经散了，但管小正一家还没离开，国字脸民

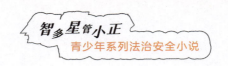

警走近管小正一家，问："刚才是您几位报的警吧？"

大妈点点头，把来龙去脉说了一遍。

"感谢你们，我们虽然一直盯着这几个人，但他们行踪诡秘，很不好抓捕。"国字脸民警向管小正一家表达着谢意。

据国字脸民警介绍，派出所关注这个拐卖孩子的团伙已经有些日子了，但是这帮坏人狡猾得很，经常换住所，让人摸不着规律。这次派出所接到报警后，赶紧部署，紧急行动，让"眼镜男"装成人贩子，假装要把小男孩带走。那些在小男孩周围监视他的人不知是计，不能眼睁睁地看着同行把他们刚拐到手的孩子弄走，这不是来抢生意吗？就从人群当中钻了出来，没想到让警察给一窝端了。

"这办案的速度，真神了。"小麦佩服地说。她很好奇，问管小正："为什么吴二毛一开始认出你的时候，你说不认识他呢？"

管小正说："我当然不能认了，你还记得吗？上次我坐火车回马儿多农场差点儿被拐了，一是我大意；二是因为人贩子太狡猾。我看过新闻，人贩子大多有自己的团伙，他们分工合作，被拐卖的小孩在要饭时，周围都有专门的人盯着。如果我说认识他，那些人担心暴露自己，还不得冲出来打我，别连我

也给抓走了。"

"你不是一个人孤军作战，还有我妈和小米，还有我呢！"小麦说。

"咱们——咱们能打得过人家一伙人吗？你也看到了，人家可都是彪形大汉，一拳就能把咱们打晕了。"小米也说。

大妈说："小正做得对！遇到这种事情，首先要保证自己的人身安全，不能还没有解救别人，自己倒先让坏人盯上了，弄不好再让坏人把你们掳走了，那可咋办呀？"

小麦问："假装不认识吴二毛，你是怎么想到这个办法的？"

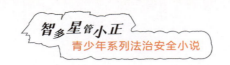

　　管小正说："我看过一则新闻，说有一个妈妈买菜的工夫，孩子就不见了。过了几年之后，那个妈妈在街上走，竟然遇到一个小孩拦住她叫妈妈，那个妈妈说：'我不认识你，我不是你的妈妈。'但实际上，她就是那个小孩的妈妈。她往前走了一段路，到一个没人的地方报了警，这才把她的孩子解救了。"

　　小米说："看来我们遇到这种事情的时候，还真不能蛮干，得好好想想怎么办。"

　　"刚刚我也是捏了一把汗，我和小米去买票的时候，你们俩距离我们有十几米呢。万一有人把你们掳走了，那后果不堪设想，以后我可真不敢让你们离开我的视线了。"大妈心有余悸地说。

　　"天下没那么多坏人，但小心点儿总没有坏处。"管小正轻松地说。

　　"我们顺便把吴二毛带回桃树坡不行吗？省得他爸再跑一趟了。"小麦建议道。

　　"这你就不懂了，我们都不是吴二毛的监护人，当然不能带他回去了。"小米说。

　　"哦。"小麦恍然大悟。

经历了这么惊心动魄的事件，孩子们也无心到游乐场玩了，而且肚子也都饿了。

"我得吃顿大餐，压压惊。"管小正说。

"走吧，回家，去孙家庄吃小鸡炖蘑菇。"

"小鸡炖蘑菇？那家店在菜里加罂粟壳，不是被查封了吗？"

"难道就只有一家店卖小鸡炖蘑菇吗？孙家庄有好几家饭店呢。现在啊，没有哪家敢再往里面加罂粟壳了，味道嘛，也不差。"

"那还等什么？快走吧。"

孩子们在大巴上吃了些面包垫补垫补肚子，车到孙家庄时，四人再下车，吃大餐。

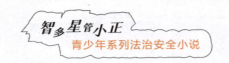

　　路过加油站时，他们发现寻人启事的单子已经被撕下来了。在孙家庄的饭店里，四个人还听说，吴二毛被解救的消息已传遍了桃树坡，传回了农场。

　　据说，这伙人是开着车在桃树坡东边的国道上看到路边的吴二毛的，当时他脚下搁着一个滑板车，他们停了车跟吴二毛说："快上车，你爸进城给你买了一个特别好的滑板车，比你这个强百倍，让你快去看看。"

　　爸爸确实是说等卖了西瓜给他挑一个礼物的，难道是一个新的滑板车？吴二毛没多想，就跟着上了车，没想到被人拐走了。

小正笔记 ✏️

　　吴二毛被人贩子拐走了，如果不是被我们发现，不知还会遭遇什么可怕的事呢。请记住以下几点，有利于自身的安全哦。

　　1. 坏人脸上不会贴着坏人的标签，有的长相看起来不坏的人也有可能是坏人。

　　2. 不要跟陌生人说话，保持警惕最重要。不要轻信陌生人的几句好话，比如，我这儿有好看的书，我这儿有好玩的，我有最新款的滑板车之类的话。

　　3. 不要把自己的信息泄露给陌生人，因为这些信息很有可能会被坏人利用。

　　4. 遇到危险一定要机智，想办法脱身。如果实在脱不了身，就先麻痹坏人，再想办法找机会寻求帮助。

　　5. 要尽量多地记住和坏人有关的信息，比如身材、年龄、穿着、车牌等，以便给警察提供线索。

知法小超人

人贩子拐卖了吴二毛，他们这样做是违法的！

《中华人民共和国刑法》

第二百四十条 拐卖妇女、儿童的，处五年以上十年以下有期徒刑，并处罚金；有下列情形之一的，处十年以上有期徒刑或者无期徒刑，并处罚金或者没收财产；情节特别严重的，处死刑，并处没收财产：

（一）拐卖妇女、儿童集团的首要分子；

（二）拐卖妇女、儿童三人以上的；

…………

（八）将妇女、儿童卖往境外的。

拐卖妇女、儿童是指以出卖为目的，有拐骗、绑架、收买、贩卖、接送、中转妇女、儿童的行为之一的。

你们知道吗？收买被拐卖的妇女、儿童一律追究刑事责任，这将有利于从源头上减少拐卖犯罪的发生。

阅读感悟

2 〈第二章〉
绿豆局中局

从岛城回来，大妈和三个孩子在加油站下了车。大路两边的杨树上知了有节奏地叫着，这叫声让已经饥肠辘辘的几个人心里更加烦躁了。

他们往南走了几分钟便到了饭店，曾经在小鸡炖蘑菇里加罂粟壳的那家饭店的店主已经被抓走了，新的饭店在门口立了一块牌子：本店所有食品一律不添加罂粟壳。

大妈点了小鸡炖蘑菇这道菜，鲜美的味道让四个人大快朵颐。吃完饭已经是下午4点了，大妈结账时，三个孩子听到饭店外面很热闹，便赶紧去瞧。

　　饭店门口围了一堆人，不知道在干什么，管小正很好奇：
"我去看看。"

　　小米和小麦也跟了上去。只见几个人手里拿着几张人民
币，在卖力地吆喝：

　　"快点儿出啊，出啊。"

　　"你要还是不要啊？"

　　旁边一个人犹豫着说："要吧，10倍的。"

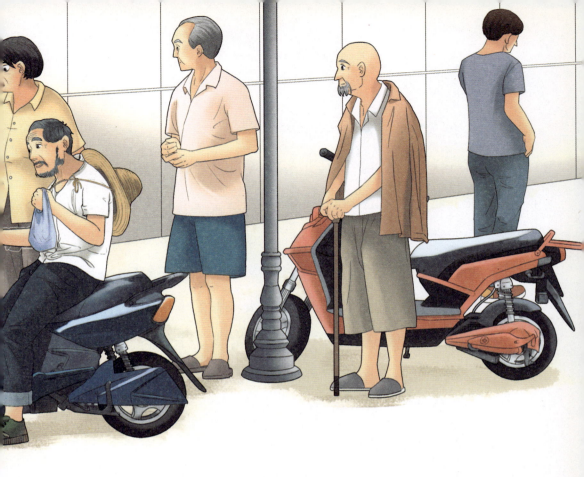

管小正一看就猜到他们在赌博。

小米扯了扯管小正的胳膊，说："咱们离远点儿。"

小麦没见过这样的场面，扒拉着人群，想钻进去，还跟小米和管小正说："看看呗。"

人群当中有个摆摊的蹲在地上，一手拿碗，一手拿着绿豆，讲着规则："我从放绿豆的布上抓几颗绿豆扔碗里，再用木片盖上。你们当中不管是谁，只要猜中碗里绿豆的数量，钱就能翻倍，钱的倍数要在猜数之前就约定好。"那人声音洪亮，

语速极快，简直就是个"炮筒子"。

"有这样的好事？"马儿多农场的熊老麻子骑着摩托车要去医院，他老婆熊老婆子突发脑出血住了院，他要去补交住院费。熊老麻子是爱凑热闹的人，路过饭店门口，被这一幕吸引住了。他看了三局，有两个人喜滋滋地数着赢的钱走了。

熊老麻子摸了摸身上穿的白色大汗衫的下摆，大汗衫遮着的裤兜里装着他要送去医院的住院费，老婆子的病不知几时能好，住院费可不是个小数目，他兜里的这点儿钱也就能顶个三五天，眼下这可是个赚钱的好机会。

一想到钱，熊老麻子激动得脸上直冒汗。他拖着一条跛了的腿，走到一个没人的地方，哆哆嗦嗦地掏出裤子口袋里的一卷钱，掖进另一个口袋里，又拖着那条跛了的腿，回到了喧闹的人群中。

熊老麻子先在口袋里摸出 200 块。"200？太少了，怎么也得 300，你赢了你的 300 是你的，我的 300 也是你的。你要是输了，你的 300 就归我了。""炮筒子"瞥了他一眼，嫌弃地说。

熊老麻子只好又从口袋里摸出一张百元大钞，"炮筒子"一把夺过去攥在手里，说："来吧，开始了。"

　　管小正站在圈外，看着"炮筒子"从铺在地面的布上抓了几颗绿豆扔进了碗里，熊老麻子数着，众人也跟着"一二三"地数，数出碗里有 3 颗绿豆。但当熊老麻子猜是 3 颗的时候，那人把木片拿起来，碗里的绿豆竟然变成了 4 颗。

　　"不可能。"熊老麻子说。

　　"炮筒子"说："怎么不可能？你自己看吧。"

　　"我明明看到的是 3 颗绿豆啊，怎么变成 4 颗了？"熊老麻子急了，抓过"炮筒子"的手，仔仔细细地数着碗里的绿豆，确实是 4 颗。

　　"你看错了呗。"旁边有人帮腔。

　　熊老麻子满头大汗，但他不甘心，又押了300。眼见碗里的4颗绿豆，他笃定4颗，可拿走木片，碗底却赫然落着3颗绿豆。

　　"这都什么事啊！"熊老麻子捶了一把大腿，又继续下注，"我就不信了，这绿豆还能从眼皮底下跑了。"

　　旁边有人好意提醒："熊老麻子，那钱是要给熊老婆子交住院费的吧？你别玩了，再这么下去，还不得输光啊！"

　　"有输才有赢嘛，这才输了几个钱，待会儿一把就能赢回来。对吧，哥们儿？"旁边有人起哄，高声吆喝着。

　　熊老麻子为了翻本，铁了心要玩一把大的，把输的钱赢回来。他把剩下的3000块钱都押了上去。

　　"炮筒子"看到一沓人民币，眼睛瞪得更圆了，他抓起3颗绿豆扔进了碗里。熊老麻子眼见着是3颗，但他盘算着：前两局我猜3颗他说4颗，我猜4颗他说3颗，这次不能猜眼睛看到的数，要猜眼睛看不到的数，要么是两颗，要么是4颗。他长吸一口气，嘴里吐出两个字："4颗。"

　　"炮筒子"对着熊老麻子，也对着人群叫道："见证奇迹的时刻到了！"

　　木片拿开了，熊老麻子干瞪了眼，碗里只有两颗绿豆。

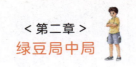
他用力拍着自己的脑门："真蠢，差一点儿就赢了。我怎么不说是两颗呢！"

"炮筒子"把 3000 块钱装进自己的腰包，又冲人群嚷道："还有玩的吗？有吗？有吗？"

旁边的人也吆五喝六地催促熊老麻子道："玩不玩了？你不玩我玩。"

熊老麻子在一片喧嚣声中退到了人群之外，一屁股坐到地上，双手抱着膝盖，把头垂了下去，他可真想找个地方躲起来啊。但他无处躲，老婆子还等他的钱治病呢，他可怎么跟老婆子交代啊？这时，他一眼看到自己脚上那双快磨透的胶底鞋，不禁发出呜呜的声音，不知道是在哭，还是在咒骂。

有人来轰他："输个钱嘛，哭什么？下次再赢回来，要哭去一边哭去。"

"这可是我的救命钱呀。"熊老麻子仰天哭起来。哭声中，那双快磨透的胶底鞋显得格外落魄。

二

小麦的妈妈已经结了账，看熊老麻子可怜，走上前扶起

他："我说，熊老麻子叔，您凑这热闹干吗？您活这么大岁数还看不出来，猜绿豆，有几个人是真赢了的？您赶紧走吧！"

"我上哪儿去？我交不了住院费了，还不得遭老婆子埋怨？"他抹了把泪，又说，"她也埋怨不了什么了，病得都快不会说话了。"

熊老麻子一家都是憨厚人，熊老麻子种了一辈子地，种地是一把好手，却是个榆木脑袋，只会种小麦和玉米，不会换着花样种些瓜果什么的，所以虽然庄稼种得好，收入却不高，经济并不宽裕。熊老婆子也是个热心人，天天忙里忙外地忙活着那一亩三分地，东家有忙她去帮，下雨天西家来不及收草她也

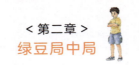

去张罗，但生病这事可不管你是好人还是坏人，好端端的熊老婆子得了病住进了医院。

望着熊老麻子远去的背影，又想到这些，小麦妈妈眼角直泛潮。

继续有人从口袋里掏钱……

一幕幕又在重演，有人猜 3 颗，碗里确实是 3 颗，又玩了一把，也是 3 颗，那人一下子赢了两千块钱。

旁边又有人眼红了，说："我来，我就不信了。"

猜绿豆还在进行着，管小正不错眼珠地盯着眼前的一幕：太不可思议了，难道这是在变魔术吗？这里面一定有问题！但是问题出在哪儿？他又琢磨不出来。他仔细盯着"炮筒子"的一举一动：扔绿豆没问题，搁木片也没问题……

一局又结束了，他发现了问题："炮筒子"右手大拇指上包了一片创可贴，他在打开木片时大拇指很不对劲，有时把大拇指紧贴着木片放，有时却把大拇指翘起来。管小正琢磨，问题八成就出在他的大拇指上，难不成他的大拇指上有啥机关？

饭店门口围观的人里三层外三层，有个卖绿豆的路过，也停下来凑热闹。

熊老麻子不知道什么时候又回来了，他从卖绿豆的车上抓了一把绿豆，大声道："都让让，都让让。"边说边用力硬挤到"炮筒子"面前，"你那绿豆有问题，要不，你换我的绿豆试试。"

"换绿豆？你输疯了吧。"

"你还有钱玩吗？没钱玩，别捣乱。"

围观的人群中不知是谁推了熊老麻子一把，紧接着不知哪来的一股力量把熊老麻子挤出了人群。

熊老麻子要换绿豆，那"炮筒子"却不肯换，争执的过程启发了旁观的管小正：要么是创可贴有问题，要么就是绿豆有问题。

管小正带着小米和小麦闪到了树丛边上，远离了吆喝的人群。他问小米借一片创可贴用，小米穿了双新鞋，鞋跟磨脚，包里备着创可贴。小米给管小正找了一片，他搁在手心里翻来覆去地观察，并不觉得创可贴里会藏有什么玄机。

他发愁地把手伸进口袋，猛地，又欢喜起来："说不定他的创可贴里包了一块吸铁石。"

"你怎么知道的？"

"我猜的。"说着，管小正从口袋里掏出一块黑色的小东西，"这是吸铁石。"最近他迷上了吸铁石，经常用吸铁石吸钥匙、吸铁片、吸身边所有能吸的东西，但他对吸铁石异极相吸、同极相斥的原理还不能理解。

"这跟眼前发生的事有什么关系呢？"小麦不解地问。

"原来是这样。"小米恍然大悟地说。

这时，人群中有人喊："他大拇指上的创可贴肯定有鬼。"

这一喊让众人吃了一惊，纷纷让那人把创可贴拿下来。那人倒也不含糊，把创可贴揭下来，跟大家说："你们看，这不是我的手破了才贴的创可贴嘛。"

大家仔细一看，那人的手确实破了一道口子。

"看样子，跟创可贴没关系。"

"那可不一定，得找个人验证一下吧。"

"找谁呀？"

"就是啊，找谁验证呢？"

"这创可贴里能有鬼？"管小正挤进人群，盯着创可贴看。

"不如，就让这个小孩验证验证吧。"有人提议。

管小正忙应道："好嘞，就让我来帮大家验一下这片创可贴吧。"

围观的人群中有人吆喝道："你一个小孩捣什么乱？"

管小正抬高声音，回道："就因为我是小孩，才不会撒谎呢，我就给大家验证一下呗，一片创可贴能有什么玄机啊？"

"炮筒子"看着管小正，看这个小孩的样子和说的话，似乎不是来捣乱的，就说："好吧，你给做个见证。"说着就把创可贴递给了管小正。

这时，身后不知是谁猛地推了管小正一把，接着一个凶狠的声音说道："小孩，你可不要乱说啊。"

这番话，吓得管小正脊背发凉。他说："我就是看看创可贴嘛。"

三

管小正把那片创可贴拿在手里左看右看，说："这有什么，不就是缠在手上的一片创可贴吗？没啥玄机。"

正说着，旁边有下注的人高声嚷嚷道："你说没玄机就没玄机啊？我们也要看看。"说着，那人便过来争抢创可贴。

这时，又有人从人群中冲出来跟高声嚷嚷的人推推搡搡，倒是没人去抢管小正手中的创可贴了。小米见状，也冲过去，跟管小正抢来抢去。管小正没拿住，那片创可贴掉到了路边的草丛里。他身手敏捷地跃入草丛，冲小米直皱眉，叫道："哎

呀，你抢什么抢？这下好了，掉到屎㞘㞘上了，我的天！这周围都是苍蝇，谁干的？在草丛里拉屎㞘㞘！"

管小正用手捏着鼻子，蹲下来，捡起创可贴："你们还要看吗？"众人纷纷捂了鼻子，面露厌弃的神色。他又对小米说："你还要看吗？一片创可贴而已，有啥好抢的。"

管小正说着，把手扬起来要把创可贴丢给小米。小米嫌弃地往后一躲，创可贴掉了下去。管小正大叫一声："你不是要看吗？给你，你又不接，现在可好，掉下水道里了吧？哎呀！这下水道味道实在太冲了，你们谁要查证，自己掏出来吧。"

管小正捂着鼻子退出老远，众人早已将眼神移回到了"炮

筒子"身上，他的大拇指已经重新贴上了创可贴，只听他高声叫道："还有谁要玩？玩吗？玩吗？"

管小正见状，偷偷溜出了人群。

这时，大伯开着车来了，他们赶紧上了车，直奔马儿多农场。

奔波了一上午，大妈又困又乏，要回家睡个午觉。管小正虽然也累，但他更想解开猜绿豆之谜。

坐上车，管小正紧绷的神经终于放松下来，禁不住夸赞小米道："戏精附体啊。"

"你演得也不错。"小米回赞。

"你俩在说什么？"

"说演戏的事呢，没见我们俩刚刚上演了一出大片吗？"

"什么大片？"小麦一头雾水。

"回头再告诉你，我得赶紧把创可贴拆了。"管小正说。

小麦问："你怎么对创可贴感兴趣了？"

小米说："这你就不懂了，里面大有玄机。"

"创可贴能有什么玄机？"

"你以为这是普通的创可贴？"管小正神秘地说。

"不然呢？"小麦歪头看着管小正，"难道，乾坤大挪移？"

"猜对了！"管小正把创可贴拆开，看了一眼，连连点头，说，"小米，被你说着了！我就纳闷了，那人碗里的绿豆怎么说少就少了呢？肯定有问题。我在帮大家伙验证创可贴时，摸着创可贴里头硬邦邦的，创可贴怎么能硬邦邦的呢？显然这不是一般的创可贴。"

小麦吞吞吐吐地问："那个——那个——我就是想知道，创可贴上到底有没有屎尻尻？"

"哈哈哈。"管小正和小米放声笑起来。管小正笑得流下了眼泪，说："我怎么能让它沾上屎尻尻呢？"

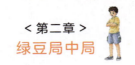
"我更好奇了，你是怎么把那人的创可贴给骗过来的？"

"我这哪叫骗呀，跟骗子周旋能叫骗吗？那叫智取！"

小麦问："好吧，你什么时候智取的？"

管小正说："就在我把他的创可贴扔给小米的时候智取的呀！小米戏演得真好，她来抢创可贴，我说创可贴掉到屎屁屁上了，那些看热闹的人嫌臭都不愿意过来验证。我又捡起创可贴扔给她，她嫌弃地没用手接，创可贴就掉下来了。我说掉到下水道里了，其实掉下去的是我问小米要的那片新的创可贴，我给偷梁换柱了，那个人的创可贴在我手里呢，哈哈！因为我是个孩子，他们谁都没怀疑我说的话。"

小麦吃了一惊："真有你的，神不知鬼不觉就给他智取了。不过——"

"不过什么？"大妈问。

"你干吗不把小米的创可贴直接换给他呢？这样他就不能继续骗人了。"

"这你就不懂了。"小米顿了顿说，"要是换了咱们的创可贴，那摊主玩把戏时不灵了，肯定能猜到是小正换的。万一抓着小正报复怎么办？但小正说创可贴掉进下水道里时，所有人的大脑里肯定都浮现出下水道的样子，每天都有污水流动，又

049

脏又臭，谁会去下水道找一片创可贴呢？再说，骗人的创可贴只是掉进了下水道，咱们又没当众拆穿他的把戏，他感谢我们还来不及呢。"

"你分析得太对了，他肯定有备用的用来唬人的创可贴。他重新换一片，又能继续骗人了。"

"也就是说，咱们既要找出真相，又要预防他来报复。"

"完全正确。"正说着，管小正突然叫道，"原来玄机在这儿！"

小麦和小米忙探过头问："什么玄机？"

管小正说："你们看，这创可贴里有一个黑乎乎的小片儿，如果我没猜错的话，这应该是个小吸铁石。"

管小正掏出随身携带的钥匙，那创可贴一下子粘在了钥匙上，"我说得没错吧，创可贴里面有机关。"

小麦吃惊极了，说："真有你的呀，还真让你给说着了。"

四个人你一言我一语地说着，大伯已经听清了事情的始末，禁不住夸起管小正："管·福尔摩斯，名副其实啊！"

"孙家庄饭店门口，有聚众赌博诈骗的，他们用猜绿豆的方式骗了好些人，你们赶紧来吧。"三个孩子聊得热火朝天，大妈已经拨打了110，告知了诈骗犯的位置，以及摊主的长相。

管小正说："大妈，您不是要赶着回家睡觉吗，怎么报警了？"

大妈说："我是很累，但报警比睡觉更重要吧。熊老麻子的钱是给老婆治病的，他把治病的钱都输了，他家日子更没法过了。"

"他们怎么像变戏法一样能控制绿豆的数量呢？"

"这个我也没想明白。"管小正挠了挠头，皱着眉头说，"按理说吸铁石只能吸铁啊，怎么连绿豆也吸啊？除非——"

"除非绿豆有鬼？"小米眨巴眨巴眼睛，和管小正对视着。

"哈哈，你应该猜对了。刚刚，那'炮筒子'不让熊老麻子换绿豆，说明绿豆有问题。"

"'炮筒子'是谁？"小米问。

"那个摊主嘛，说话快，声音又大，我就悄悄地叫他'炮筒子'。哈哈——"管小正解释道。

"你别说，'炮筒子'还真挺形象的。"大妈夸赞道。

管小正接着说："我猜绿豆当中有一颗是装了磁铁的，'炮筒子'根据下注的人猜的数量再决定用不用玄机。如果对方猜对了，他就在盖碗的时候顺手将装了磁铁的绿豆吸在

木片底下，当然木片底下的小动作是不能被其他人看到的。如果下注的人猜错了，他就在盖碗的时候让大拇指远离木片盖子，绿豆就吸不到盖子上了。"

小米接着说："所以，下注的人无论猜对还是猜错，'炮筒子'都能通过吸铁石控制碗里的绿豆数量，猜的人永远都是错。"

"这么低级的赌博把戏竟然有人相信！"大妈点评道。

"一时财迷心窍吧！"大伯摇摇头，感叹道。

"这些玩赌博把戏的人摸准了有人想暴富的心理，他们都是在人流量大的地方设下骗局。"

"我们掉头回去看看？"大伯建议道。

"好呀，好呀。"

大伯在前面路口处掉了个头，正巧看到警车也朝着饭店的方向驶去。

大伯的车跟在警车后面，让人意外的是，饭店门口空荡荡的，"炮筒子"已经不在了。

"有人通风报信？"

"那倒不至于，这些人做贼心虚，在一个地方待很长时间会被人看出破绽的，他们这是'打一枪换一个地方'，估计到

其他村子摆摊了。"

"听那'炮筒子'的口音，不像是本地人！"管小正说。

"还有几个看热闹的、下注的，也跟那'炮筒子'一个口音。有个眯眯眼，还有个刀疤脸，还有一个梳着大背头的，其他的我就记不清了。"小米补充道。

"他们是一伙的，有人当摊主，有人当托儿，假扮成路人，每回都猜中，每回都赢钱，真正的路人信以为真，就上当了呗。"大伯说着，又让大妈打电话报警，把他们回忆起来的线索告诉警方。

警方根据管小正他们提供的线索，在离饭店不远的桃树坡将那伙人一网打尽了。

小正笔记 ✏️

天上会掉馅饼？当然不会。天上只会掉鸟屄屄，哈哈。所以呢，永远不要指望突然来一笔横财，或者一夜暴富。要是发现有人设摊进行猜绿豆、猜瓜子的赌博时，要及时报警，避免让更多的人上当受骗。

骗术其实并不高明，可为什么还有那么多人上当呢？这是因为在参与赌博的过程中，周围有人吆喝劝说。人的大脑容易冲动，注意力也都集中在碗里面的绿豆上，不太可能观察到摊主手里的情况。另外，他们做得很隐蔽，创可贴跟人的皮肤颜色很接近，不容易让人联想到是赌博的工具。

知法小达人

《中华人民共和国刑法》

　　第二百六十六条　诈骗公私财物，数额较大的，处三年以下有期徒刑、拘役或者管制，并处或者单处罚金；数额巨大或者有其他严重情节的，处三年以上十年以下有期徒刑，并处罚金；数额特别巨大或者有其他特别严重情节的，处十年以上有期徒刑或者无期徒刑，并处罚金或者没收财产。本法另有规定的，依照规定。

阅读感悟

3 〈第三章〉
凉茶有毒

　　大妈带着三个孩子去十里栏赶大集，路上正好碰到小迪和她妈妈，几个人便搭伙，一路骑着，一路聊着。

　　小迪妈妈最近上火，嘴里起了好几个溃疡，喝水都疼，吃饭就更疼了。听人说，金银花泡的水喝了能败火。十里栏大集上售卖各种各样的商品，有肉、菜、瓜果，还有服装。在大集的西南角，还有卖茶叶的茶叶市，小迪妈妈想过去打听打听。

　　大妈也打算买斤茶叶，于是便和小迪妈妈一起直奔茶叶市。茶叶市有卖花茶、红茶、菊花茶的，还有卖花草茶的。

　　大妈询问了价格，买了半斤茉莉花茶。等大妈买完，小迪

妈妈开口问卖茶叶的金银花怎么卖，那人说 30 块钱一两。

小迪妈妈嫌贵，那人说："这是新的金银花上市了，才有现在的这个价，要是再早半个月，比这还贵呢。"

"原来你这 30 块钱一两的金银花卖的是去年的陈货啊。"小迪妈妈撇了撇嘴，说。

"今年新下来的金银花得 50 块一两呢。"卖茶叶的回道。

小迪妈妈摸了摸钱包，对小麦妈妈说："算了，上火也不是什么大事，过几天就好了。我是劳碌命，也不是非得用金银花泡水喝才能好。"

小迪说："你就买点儿吧，喝了好得快。"可是她妈说：

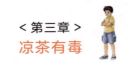

"30块钱呢，30块钱能买一双鞋呢！算了，我还是等嘴里的溃疡自己好吧。"

大妈忽然想起什么，说："他爷爷的院子里种了一棵金银花，但是今年长了好多虫子，也没打药，由着它随意地长了。我看上面已经冒出了花苞，让孩子们留意着，回头掐点儿给你送过去。"

小迪妈妈说："算了算了，这上火也不是什么大事，过几天也就好了。"

随着太阳升高，天气也热起来了。大妈和三个孩子买了些蔬菜和水果，赶紧往家赶。在马儿多农场路过药店时，她又给奶奶买了药，这才回了家。

赶集回来，天还早，小迪妈妈看看表，还不到9点，就骑上自行车往北去，到冷藏厂剥洋葱。冷藏厂按件算工钱，时间灵活，可以随时开工。小迪妈妈临走时嘱咐她别贪玩，到了饭点把饭做好，给她爸送到地里去。

这时节正赶上干旱，半个月不浇水，那庄稼地就裂开了一道道干巴巴的大纹，庄稼人就得去地里浇水。时间就是庄稼的生命，庄稼人干起活来顾不上吃饭。小迪早早在家把饭做好，

拎了两个馒头和一饭盒的菜往地里送。

小迪想着爸爸忙了一上午，得赶紧吃饭了。她怕送得晚了让爸爸饿肚子，送饭的路上急急火火的，路边有花也不看，遇上那蝴蝶也不追。

饭送到地头，小迪帮忙看着机器。等爸爸吃完饭，她收拾好饭盒和筷子往家走。送饭的任务完成了，小迪无事一身轻，回来的路上就哼起了歌。这时的小迪看见花也想去采，看见蜻蜓也想去追上一追。追着追着，小迪眼前出现了一片黄花、白花，她在管小正爷爷家的院子里见过，那些开着的花很漂亮。有些已经枯萎了，跟大集上卖茶叶的装在罐子里的金银花很像。

＜第三章＞
凉茶有毒

马儿多农场附近的地里长着很多野菜，初春的时候长荠菜。人们到地里采一把被冷风吹得满脸紫色的荠菜，回家洗干净，切碎了，打上五六个鸡蛋，再搁点儿虾皮儿，倒点儿香油，包饺子特别好吃。在马儿多农场，大多数人家的地头都有槐树，入春没多久，那槐树上的花要开还未开，只是长了花苞，人们把它们捋下来，掺点面，蒸着吃，再蘸点蒜汁，味道好极了。再过几天，苦菜和曲曲芽也会从地里冒出来，虽然味道有点儿苦，但是吃几口就能败火，大家也都喜欢吃。还有蒲公英，在马儿多农场人们管它叫婆婆丁，长得漫山遍野，人们也挖了来洗干净，可以蘸酱吃，可以做汤喝，还可以蒸着吃。总之，马儿多农场的人们有着享不尽的口福，能够吃到各种各样的野菜。

虽然小迪没见过金银花，但是她看到眼前的这些植物长得跟金银花很像。小迪早就听说有些人家的地头上长了一些金银花，她想这应该就是金银花吧，于是她不再追赶蜻蜓，而是开始捋那些金银花。那些花儿长得很茂盛，不一会儿她就捋满了一饭盒，高高兴兴地往家赶。

二

在马儿多农场第二道龙门拐弯的地方，小迪遇到了管小正和跟在他身边的然鹅，她问："你干吗去？"

"我刚去了小卖店，大妈家没有酱油了，我去买酱油。"

"你手里怎么是空的呀？"

"唉，小卖店里的酱油卖光了，我去爷爷家取点儿。"管小正道。

"太阳晒得厉害，你爷爷家没我家近，你还是到我家取酱油吧。"小迪说。

管小正看了看天，头顶上像是罩着一个大火炉，烤得他眼睛都快睁不开了，于是说："好吧，先去你家取酱油，等我买了还你。"

"就一点儿酱油，还还什么呀，快走吧。"小迪也被晒得扛不住了，招呼管小正快些走。

"走。"管小正冲然鹅打了个手势，抬起脚边走边问，"大中午的，你去干吗了？"

小迪打开饭盒，神秘地对他说："我去掐了一饭盒金银花，够我妈泡水喝了。"

< 第三章 >

凉茶有毒

管小正探头一看，问："你去哪儿掐的呀？我大妈不是说了，我爷爷家院子里有一棵，傍晚的时候给你掐点儿嘛。"

小迪说："不用麻烦了，路边有的是，我掐点儿就行。"

管小正捏着几朵金银花，说："这怎么跟我爷爷家的金银花长得不太像啊？"

小迪说："谁说不像？我觉得挺像的，跟大集上那人卖的差不多呀。"

管小正说："看着是有点像，不过吃进肚子里的东西还是要小心一些。"

小迪说："没事，没事。"

两人说着话，很快就到了小迪家。小迪给管小正找了一只空碗，又找出酱油瓶，让他自己倒。管小正没干过这些活儿，酱油洒到了桌子上，当着小迪的面，他尴尬极了。

小迪把那金银花用水清洗了一遍，抓了一把放进茶壶里，用开水冲开，只见那花在茶壶里翻了几个滚儿，散开了。过了一会儿，她感觉那花应该泡得差不多了，于是倒了一小杯往嘴里送，太烫，她只呷了一小口，便放下了杯子，想等凉了再喝。

小迪没喝过金银花泡的水，也不知道是什么味道，不管怎么样，喝着自己采摘的金银花泡的水，她觉得很有意义，一心想着等妈妈回来，让她多喝点败败火。

"好啦，酱油弄完了。"管小正说，"我一会儿给你把碗送过来。"说完，就端着碗出了门。

"不用急，不用急。"身后传来小迪的声音。

管小正前脚刚走，小迪妈妈后脚就从冷藏厂回来了。

小迪见妈妈回来了，忙端过水来，说："妈，您先喝点水败败火吧。"

小迪妈妈看了看杯子里的水，问道："这是什么呀？"

小迪说："这是用金银花泡的水啊，喝了败火，您快喝吧。"

　　小迪妈妈问从哪儿弄的，小迪说，在给爸爸送饭回来的路上摘的。小迪妈妈端详着那杯水，正准备喝，大门哐当哐当响了，传来"克噜——克哩——克哩"的叫声和管小正的吆喝："我来送碗了。"

　　"什么碗？"小迪妈妈把茶杯放到了桌子上，问。

　　"他家没酱油了，小卖店也卖光了，我就让他到咱家盛了点儿。"

　　只见管小正满头大汗地冲进来，气喘吁吁地说："碗……送来了。"

　　"你这孩子，着什么急啊！大热天的，来！喝点儿水。"小迪妈妈把金银花水端给管小正。

　　"这水是小迪给您准备的，我就不喝了，我还得回家吃饭呢！"管小正看了一眼碗里的水，赶紧迈开腿朝家里跑去，然鹅也紧跟在后面。

　　一人一鹅刚走，小迪突然说："我头疼得厉害，哎哟！"

　　"咋了孩子，头疼？让日头晒得中暑了？"

　　"我肚子也疼。"

　　"肚子疼，是吃什么不好的东西了吗？"眼看豆大的汗珠从小迪的额头上冒出来，小迪妈妈急了，"孩子，你这是咋了？

食物中毒了？"

小迪妈妈急得掀开大锅盖，锅里有两个菜，一个炖茄子，一个拌豆角，还有熥着的三个馒头。一看这些菜，就知道是用大火炖过的，不太可能不熟。

小迪忍着疼痛，说："妈，我还没吃饭，不可能是饭的问题。"

"这可怎么办？我先打电话给卫生所问问情况。"马儿多农场有个卫生所，只有两位医生，谁家有个小病小灾的，都能看好，要是出门不方便，还能上门看病。

小迪妈妈打完电话，再看小迪时，发现她已经有点意识不清了。

三

"克噜——克哩——克哩。"窗外传来紧张的叫声。

伴随着大门咣当咣当地响起,然鹅一头撞了进来,把桌上的那杯水撞翻了。小迪妈妈本想呵斥两句,却听到管小正的叫嚷:"那水不能喝!"

"对,那水不能喝!"小麦也一脸通红地跑进来。

"水?什么水?"小迪妈妈问。

"那不是金银花,你看,我手里拿的才是金银花呢!"管小正指着饭桌上的茶壶说,旁边的饭盒里还装着一些黄色和白色相间的花。

管小正把手里攥着的一把金银花递过去,小迪妈妈又望了一眼饭盒里的金银花,这一对比,发现两种金银花长得还真不一样。

"我看它们怎么长得像断肠草啊?"小迪的妈妈大惊失色。

"断肠草?"管小正也吓了一跳。

小迪妈妈赶紧问快要失去意识的闺女:"你是不是喝了这种花泡的水?"

小迪吞吞吐吐,用尽力气说:"我——喝了点儿。"

她妈抓着她的胳膊问："喝了几口？"

她说："水烫得很，我——我可能喝了一口吧。"

小麦说："幸亏喝得少。"

"喝得少也不行。"管小正抹了一把头上的汗，着急地说，"我听说断肠草里面含有极毒的钩吻碱，吃了能致命。"

小迪妈妈已经慌了，小麦忙问："怎么办？"

管小正还没回答，只见小迪捂着肚子，低声哀号道："疼死我了，疼死我了。"紧接着，口里吐出白沫。

"我说嘛，这里面一定有问题。"管小正嘀咕着，果断地对

小麦说："赶紧从她家的鸭子身上拔一根毛来，快。"转头又对小迪妈妈说："把花生油拿来。"

小迪妈妈已经乱了方寸，哆哆嗦嗦地找到了花生油桶。

管小正说："我先给她催吐，催吐完还得送医院抢救。"

"车，我这就打电话找车。"小迪妈妈握住了手机。

"我大伯家有车，你给我大伯打个电话。"管小正说。

管小正冷静地安排着，小麦已经迅速冲进院子逮鸭子薅鸭毛，可那些鸭子见了生人，嘎嘎嘎嘎地叫着四处逃窜。

"要不就从然鹅身上拔一根吧。"管小正着急地说。

"这——"小麦犹豫了。

"快点儿，咱们这是救人，然鹅会理解的，不然小迪就没命了。"管小正命令道，声音都变了调。

小麦抱过然鹅，不忍心下手，倒是然鹅通人性地拍打着翅膀，好像是在催促她快点儿拔鹅毛。

小麦用手揪起一根长长的毛来，说："人命关天，你忍着点儿。"她闭上眼睛，狠心一拔，只觉得然鹅浑身抖了抖，却

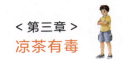

没有挪动步子，稳稳地站在原地。

"好样的。"小麦用手抱了抱它，赶紧把鹅毛递给管小正。

管小正用鹅毛蘸着花生油放到小迪的喉咙处捅咕，只见她的脖子抖了抖，头仰了仰，哗的一声，从嘴里吐出好些汤汤水水，闻起来酸不溜丢的，喷了管小正一身。管小正顾不上去管身上的汤汤水水，继续用鹅毛催吐，小迪接连吐出好些东西，直到再也吐不出什么，他这才作罢。

小迪的腹痛有所缓解，但依旧神智不清，四肢也动不了。

卫生所的小王大夫来了，一眼看到了断肠草，倒吸了一口凉气："她就是中了毒，中了断肠草的毒。看样子，你们已经对她进行过催吐了吧？估计肚子里的毒水已经吐得差不多了，我们赶快把她送到凤城的医院。"说着，小王大夫把小迪抱上了小麦爸爸的车。

管小正抓起饭盒塞到车上，跟大伯说："这个是证据，给医生。"

小麦爸爸心领神会，赶紧踩下油门朝凤城赶去。

半个小时之后，车终于来到了凤城第一人民医院。医生看了饭盒里的黄白花，说："又是一个把断肠草当成金银花的。"

"她现在怎么样？"小王大夫问。

"幸亏催吐及时，送得也及时。要是再晚一会儿，这孩子的命可就不好说了。"医生说，"命是保住了，不过，能不能度过危险期还要继续观察，如果 24 小时能恢复神智，就没什么大问题。要是——要是头脑还不清醒，后果可能很严重。"

小迪妈妈一听医生这么说，不禁瘫坐在地上抹起了眼泪："这可怎么办啊？"

医生安慰道："我们会继续观察，你先别着急，庆幸的是她喝得不多，应该能醒过来的。"

大家只好在病房里等着。小迪妈妈非常懊悔，用手拍打着自己的头，说："我要是早上赶大集的时候买了金银花，不就没事儿了吗？孩子不就不会去外面掐这些花儿草儿的了吗？是我害了孩子啊。"

小迪爸爸也已经从地里赶过来了，他抓紧小迪妈妈的手，让她别再拍打自己的头，说："现在说这些都没用了，我们等等看，这孩子可千万要扛住啊。"

< 第三章 >
凉茶有毒

　　小迪命大，晚饭时终于睁开了眼睛，只是身体非常虚弱，说话时声音微小，她望着散发着氨水味儿的病房，问："这是哪儿？"

　　小迪妈妈说："孩子，这是医院，你喝了采摘的那些花草泡的水，中毒了。"

　　小迪一听，吓得不敢说话，她没想到自己的好心反而害自己进了医院。幸亏妈妈没喝，不然，把妈妈也给害了。

　　小迪妈妈见闺女自责，就劝说道："没事，妈妈没喝。现在你也没事了，再好好养几天就能出院了。"

管小正得知小迪醒来的消息，长舒了一口气。小麦夸他是小迪的救命恩人，管小正不好意思地说："你和然鹅都参与了救援，是大家一起救了小迪。"

小麦有件事情一直想不通，问："你怎么认识断肠草的？"

管小正说："我本来也不认识断肠草，但是我认识金银花啊！我看小迪掐的那些花不是金银花，就觉得有问题，但是又不知道哪儿有问题。不过，老师告诉过我们，不确定是安全的食物就不能吃。"他抱起然鹅，又说："这次你立了大功，从你身上拔了一根那么粗的毛，一定很疼吧？"

然鹅用长长的脖子蹭了蹭管小正的手，"克噜——克哩——克哩"地低鸣着，好像在说："没什么，没什么。"

小迪误把断肠草当金银花的事虽然有惊无险，但也确实给马儿多农场的大人们敲响了警钟，大人、小孩茶余饭后总要说道："谁能想到呢，喝杯凉茶竟然中毒了。"

为了避免以后再发生这种事，大妈把马儿多农场附近的植物都搜罗了一遍，还从网上找到了相关的知识给植物做了分类。小米自告奋勇做成了海报，告诉大家哪些有毒，哪些是不能吃的。大伯找人印了出来贴在马儿多农场的宣传栏

里……

管小正这才知道，那些长着小刺儿的苍耳是有毒的，还有一种叶子长得像芹菜叶的野芹菜也有毒……

小正笔记 ✏️

小迪采食了断肠草，差点儿丢了性命。

这给我们提了个醒：千万不要乱采摘野生食材，生命重于一切！

大妈给马儿多农场的人们普及了一些有毒植物的知识，我也为大家做个介绍：

断肠草

花酷似金银花。全棵有毒，根部毒性最大。吃后呕吐、烧心、腹痛不止，严重的可造成死亡。

蛇床

性温、味苦辛，有小毒。中药里用的是蛇床的果实——蛇床子。

苍耳（又名菜耳）

果实称"苍耳子"，可作药用，但全棵有毒，
幼芽及种子的毒性最大。鲜叶比干叶毒，嫩叶比老
叶毒。苍耳的茎叶中皆有对神经及肌肉有毒的物质。

我从新闻上看到一则报道，吃了有毒的野菜、野蘑菇也会出

现头晕、恶心、呕吐、发热等中毒症状，严重者会因心脏功能衰竭、

呼吸中枢麻痹而死亡。这时如果离医院比较远，怎么办？立刻采

用以下催吐法：用手指、鸡毛或者其他代用品捅咕中毒者的咽喉，

让中毒者因为咽喉发痒产生呕吐感把毒物全部吐出，直至吐出清

水为止。这样可以减少一些伤害，接下来赶紧送医院做急救处理。

我就是用这种方法救了小迪，还被她吐了一身的。虽然听起来有

点恶心，但是为了救人，也管不了那么多了。如果中毒者出现昏迷，

则不宜进行人为催吐，否则容易引起窒息。

催吐法是对食用野菜中毒较轻者的处理方法，严重者务必送

医院进行紧急抢救，同时要把剩余的毒野菜带到医院或者拍下照片，以供医生更快地查明中毒原因，为抢救争取时间。

最后再提醒朋友们，不认识的野菜一定不要吃，千万不能麻痹大意。记住：

生命第一！

生命第一！

生命第一！

重要的事情说三遍！

 知法小达人

小迪采食了断肠草，差点儿丢了性命。如果是买来的食品有问题呢？法律对我们日常生活中的"舌尖上的安全"做出了相关规定。

《中华人民共和国食品安全法》

第三十四条 禁止生产经营下列食品、食品添加剂、食品相关产品：

（一）用非食品原料生产的食品或者添加食品添加剂以外的化学物质和其他可能危害人体健康物质的食品，或者用回收食品作为原料生产的食品；

（二）致病性微生物，农药残留、兽药残留、生物毒素、重金属等污染物质以及其他危害人体健康的物质含量超过食品安全标准限量的食品、食品添加剂、食品相关产品；

（三）用超过保质期的食品原料、食品添加剂生产的食品、食品添加剂；

（四）超范围、超限量使用食品添加剂的食品；

（五）营养成分不符合食品安全标准的专供婴幼儿和其他特定人群的主辅食品；

（六）腐败变质、油脂酸败、霉变生虫、污秽不洁、混有异物、掺假掺杂或者感官性状异常的食品、食品添加剂；

（七）病死、毒死或者死因不明的禽、畜、兽、水产动物肉类及其制品；

（八）未按规定进行检疫或者检疫不合格的肉类，或者未经检验或者检验不合格的肉类制品；

（九）被包装材料、容器、运输工具等污染的食品、食品添加剂；

（十）标注虚假生产日期、保质期或者超过保质期的食品、食品添加剂；

（十一）无标签的预包装食品、食品添加剂；

（十二）国家为防病等特殊需要明令禁止生产经营的食品；

（十三）其他不符合法律、法规或者食品安全标准的食品、食品添加剂、食品相关产品。

第一百四十八条 消费者因不符合食品安全标准的食品受到损害的，可以向经营者要求赔偿损失，也可以向生产者要求赔偿损失。接到消费者赔偿要求的生产经营者，应当实行首负责任制，先行赔付，不得推诿；属于生产者责任的，经营者赔偿后有权向生产者追偿；属于经营者责任的，生产者赔偿后有权向经营者追偿。

生产不符合食品安全标准的食品或者经营明知是不符合食品安全标准的食品，消费者除要求赔偿损失外，还可以向生产者或者经营者要求支付价款十倍或者损失三倍的赔偿金；增加赔偿的金额不足一千元的，为一千元。但是，食品的标签、说明书存在不影响食品安全且不会对消费者造成误导的瑕疵的除外。

第一百四十九条　违反本法规定，构成犯罪的，依法追究刑事责任。

《中华人民共和国刑法》

第一百四十三条　生产、销售不符合食品安全标准的食品，足以造成严重食物中毒事故或者其他严重食源性疾病的，处三年以下有期徒刑或者拘役，并处罚金；对人体健康造成严重危害或者有其他严重情节的，处三年以上七年以下有期徒刑，并处罚金；后果特别严重的，处七年以上有期徒刑或者无期徒刑，并处罚金或者没收财产。

第一百四十四条　在生产、销售的食品中掺入有毒、有害的非食品原料的，或者销售明知掺有有毒、有害的非食品原料的食品的，处五年以下有期徒刑，并处罚金；对人体健康造成严重危害或者有其他严重情节的，处五年以上十年以下有期徒刑，并处罚金；致人死亡或者有其他特别严重情节的，依照本法第一百四十一条的规定处罚。

阅读感悟

4 〈第四章〉
讨薪记

"小米，你能陪我去面试吗？"徐美丽敲开了小米家的大门，开门见山地跟小米说。

徐美丽是小米的同学，学习成绩一般，留过几次级，上到高一就退学了。她退学之后，每天倒是自由了，太阳爬到头顶了才起床，夜里不到两点不睡。她每天吃了睡，睡了吃，要么就是上网玩游戏。

徐美丽优哉游哉地在家赋闲了两个月，父母觉得她长时间闲着也不是个事儿，她也觉得自己已经18岁了，不应该再在家里靠父母养活。父母担心她年纪太小，不好找工作，就托人

给她找了一家熟人的打印店，让她跟人家学平面设计，说好了押她一个月的工资。她觉得工资本来就不高，还押工资，要等下个月才能拿到上个月的工资，这不合理，但父母给她找的工作又不能不去，只好勉勉强强地干了一个多月，然后找了一堆理由，提出了离职。

打印店老板看在是熟人的分儿上，并没有押着她的工资不给，在她离职的时候就把工资结了。她拿到工资优哉游哉地过了半个月，直到手里没有钱花了。这时，父母又提给她找份工作的事，可她认为父母给她找工作是为了找熟人盯着她，让她觉得不自在。她决定自己找找试试。

这天，徐美丽从网上认识了一个叫树哥的人。村里的很多年轻人选择到凤城打工，可树哥却不，他在桃树坡开了一家代理公司，桃树坡是离马儿多农场不远的一个村子。树哥的公司主要负责网络销售，顾客购买产品前先通过网络或是电话来咨询，树哥公司的员工就负责回答客户的各种问题，简称客服。

徐美丽看到了树哥的招聘启事，决定去树哥的公司面试。两人在网上简单做了沟通，树哥把公司地址定位发给了她。她从来没有面试过，不敢一个人去，就等着小米周末从姥姥家回来，拉着小米和她一起去面试。

　　管小正不放心："你们两个女孩子去面试，万一遇到坏人怎么办？不如我陪你们一起去吧。"

　　上车后，徐美丽把公司地址告诉了司机。司机问："你们是去面试的吧？"

　　徐美丽说："是啊，你怎么知道的？"

　　"我这车啊，已经拉了好几拨人去那家公司面试了。我就纳了闷了，一个小店面，怎么天天在招聘？要么就是生意太好，人手不够；要么就是公司不好，留不住人。"

"谁知道呢！"徐美丽说。

司机拉着他们一直往北，在北湖附近七扭八拐地开着。

小米担心起来，问道："师傅，您确定方向是对的吗？怎么这么偏僻啊？"

"我开了这么多年车，咱们这儿巴掌大的地方，我还能开错了？放心吧，这地方我来过，肯定错不了。"司机大声回道，好像小米的质疑是对他的不信任和冒犯。

小米只好噤了声，不安地看着窗外。

过了好一会儿，他们才看到一排排两层办公楼。

"到了。"司机停下车，等徐美丽付了钱才离去。

徐美丽和小米走进办公楼，一进门就看见一只猫在沙发上懒洋洋地趴着，见到徐美丽，抬头看了看，仿佛在说："你好啊，你好。"

徐美丽小声跟小米嘀咕："这家公司看起来挺温馨的，还允许养猫呢。"

"红包，过来。"这时，有一个人呼唤。

"红包？"

"谁是红包？"

三人小声嘀咕着，顺着声音看去，只见通往二楼的楼梯口

　　站着个男青年。听到呼唤，那猫慢悠悠地站起来，踱着猫步，走到了说话的男青年跟前。

　　男青年抱起它来，一眼看到了来面试的徐美丽，问："你是徐美丽吧？"

　　"是啊，我是徐美丽，来面试的。"

　　"我知道你是来面试的，我是公司的经理，叫我树哥就行。嗯？旁边这两位是谁呀？"

　　"这个是我的同学，那个是她的弟弟。"

　　"行，那你们三个一块儿跟我进办公室吧，咱们聊几句。"

那人抱着猫进了隔壁一间办公室，他们三个也跟了进去。

树哥说："我们这儿忙的时候挺忙的，闲的时候呢也挺闲的。现在是销售旺季，所以会比较忙。公司的员工两班倒，早上8点到下午3点，还有就是下午3点到晚上10点，你可以根据自己的情况选择上班的时间。"

徐美丽一听，心头暗喜：这工作好啊，一天才工作7个小时。下午上班的话，上午就可以去找同学玩会儿，或者在家睡懒觉了。她赶紧应道："我下午3点到晚上10点上班吧。"

管小正捅了捅她的胳膊说："太晚了，不安全。"

徐美丽说："没事儿，没事儿。"

树哥又说："正式上岗前要参加培训，培训是收费的，2000元。"

"还没工作就要给公司交钱，这个不合理吧？"管小正说。

"这是什么话！什么合理不合理的，你这个姐姐没有工作经验，来我这儿能干什么？不收她学徒费就不错了！至于培训费嘛，也不是现在就收，等她正式上岗后从她工资里扣除！"

"行吧，行吧。"徐美丽一想到能实现工作时间自由，赶紧应下了。

二

　　徐美丽参加了为期 5 天的培训后，就正式上班了。

　　上班第一天，树哥就跟她说她工作的一部分是照顾"红包"，红包是那只猫咪的名字。

　　徐美丽发现树哥对红包特别好，每天都把它收拾得干干净净，给它买质量好的猫砂和上好的猫粮，给它吃火腿肠，甚至还给它买新款的衣服，待遇比人还好呢。

　　徐美丽羡慕地说："你对这只猫真好啊！"

树哥说："我这猫啊，可是金贵品种，市面上卖得五六千块钱呢。"

徐美丽吃了一惊，问："五六千块钱的猫谁养啊？"

树哥说："当然有人养了，我这猫是品种猫，可不是平常的猫。"

徐美丽想，树哥对一只猫都这么好，对待员工应该也不会太差。

工作没几天，树哥说公司要做促销活动，让大家想几句宣传语，同时再想想海报应该怎么做。

徐美丽回家直接用电脑制作了一张海报发给树哥。树哥看了吃惊地说："哟，你本事不小啊，学过平面设计吧？那以后咱们公司的设计工作全交给你做，到时候给你多算点儿工资。"

徐美丽听了很高兴，认为这份工作很是称心如意。

可让她没想到的是，都月底了，树哥还不给她发工资。她追着树哥要，树哥说："哎呀，最近公司周转不灵，你再等等，等月中的时候再给你发工资。"

徐美丽没辙，只能说："好吧。"

她一边工作，一边等啊等。可是，都工作一个半月了，工

资还没开。她想买一件新衣服，那件衣服正在打折，但工资迟迟不开，再过几天折扣就没了。她想开口问家里要钱，可她现在是有工作的人了，不好意思再向家里伸手了，她也不敢跟家里人说公司没开工资的事。

于是，徐美丽只能等着，实在没钱花了，就跟小米借。

小米看她怪可怜的，就拿出一些压岁钱借给她。

半个月又过去了，徐美丽问树哥工资的事。他说："唉，现在买卖不好做呀，工资我还真给你结不了。"

徐美丽急了："那你什么时候给我发工资？"

树哥说："我也不知道啊，你再等等吧！要么你就把红包抱走，它可是名贵品种，能卖五六千块钱呢。"

徐美丽一听这话，感觉树哥想赖账。

这可怎么办？

徐美丽想了一个办法，她知道树哥对那只猫咪特别好，于是跟小米说："要是树哥再不给我开工资，我就把他的红包偷来卖了。"

"偷红包？偷钱是犯法的。"一旁的管小正听了她的想法，立即正色道。

"不是真的红包，是你们陪我面试那天看到的猫。那只猫叫红包，是名贵品种，他跟我说过那只猫值五六千块钱呢。"

"所以，你就打起了猫的主意？"小米说。

"偷猫这事儿不能干，这是盗窃行为，是违法的。"管小正着急地说。

徐美丽说："那我怎么办？他不给我开工资，明明是他不讲理在先啊。"

小米说："他不讲理，你不能跟他一样不讲理啊！狗咬了

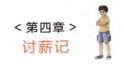

你一口，你还再咬狗一口啊？"

管小正说："就是就是，咬狗一口还惹得一嘴毛，万一传染上狂犬病，那就更麻烦了。"

徐美丽快急哭了："那可怎么办？"她本想凭自己的本事出来打工挣钱给爸妈看看，没想到遇到这么多麻烦事儿。

管小正出主意说："我听我妈说，在北京如果遇到一些不好解决的事儿，打 12345 热线，很快就能解决了。"

"那是在北京，北京解决事情多快呀！我们现在是在凤城这么个小地方，热线哪会管这些鸡毛蒜皮的事？"徐美丽直摇头。

管小正说："你要是不信，那我也没办法。反正不管怎么样，你不能去偷猫！你偷了就犯法了，本来有理也变得没理了。"

小米应和道："对对，管小正说得对，你不能去偷人家的猫。"

徐美丽把两人的话当耳旁风，到底还是把红包给偷来了。

偷红包并不难。

徐美丽在公司上班的时候经常照顾红包，给它喂吃的、喝的，还给它梳理毛发，它很喜欢徐美丽。徐美丽趁树哥不在的

时候，溜到了公司门口，冲里面叫了两声"红包，红包——"那猫就自己走出公司，跟着徐美丽来到了路口。

红包不见了。树哥找不着它，急得四处搜寻，把附近红包有可能去的地方找了个遍，还是不见踪影。

那红包是树哥的心头肉，他想了又想，决定从监控里寻找线索。

好巧不巧，监控拍下了徐美丽偷猫的画面。

三

树哥打电话给徐美丽，开门见山地说："好你个徐美丽，你好大胆，敢把我的猫偷走？你赶紧给我送回来，红包要是有一点儿闪失，你得赔我 6000 块钱。"

这几天徐美丽天天给红包喂吃的、喝的，还生怕别人发现她偷了猫，过得心惊胆战。现在一听，钱没挣到，要是红包出了问题，反而要赔 6000 块钱，吓得她赶紧把猫给送回去了。

树哥把红包抱在怀里亲了又亲，对徐美丽却翻脸不认人，说："我这红包都瘦成什么样了？为了找它，我可没少花钱，你得赔我 2000 块钱的精神损失费。"

徐美丽一听，肺都要气炸了。他不但拖欠工资不给，还倒打一耙问她要钱。可她毕竟年纪小，口中只是"你——你——你"的，一时气得说不上其他话来。

"我怎么了？"树哥把红包放在一边，大有想吵一架的气势。

"你欠我工资！"徐美丽终于说出话来。

树哥说："行了行了，不就欠你 3000 块钱工资嘛！现在我没钱。"

徐美丽缓了缓情绪，说："那你也不能赖着不给钱呀。"

树哥继续耍赖："我就是没钱，你说怎么着吧？再说你还欠着公司 2000 块钱的培训费呢。"

"树哥，你把工资给我吧，我可是辛辛苦苦地干了一个半月啊！公司又偏又远，我来上班得倒好几次车，有时还得打车，到现在工资也没拿到……"徐美丽跟树哥讲理。

树哥根本不听，他抱着红包，坐在沙发上，不紧不慢地饮了口茶，说："你偷我的红包，这是犯法，你知道吗？信不信我能把你送进公安局？你还敢问我要钱！"

"你——"徐美丽气得夺门而出。

可是工资总得要啊，徐美丽越想越觉得冤。这一个多月以来，她对待工作认真负责，为了解决客户的问题经常急得睡不着觉。结果呢，不但一分钱没挣到，还反被树哥追着要钱，甚至扬言要把自己送进监狱！她心里窝着一股火，干什么都有气。

徐美丽来找小米倾诉。小米和管小正见到她，都吓了一跳：她嘴角起了两排水泡，说话声音都哑了。

管小正建议："你就打咱们凤城的 12345 试试吧，万一能解决呢？"

"别别，万一他把我送进大牢呢？"徐美丽吓得哭起来。

小米也急得跳起脚来："我就说不让你偷人家的猫，你偏偷！不管怎么样，我觉得你还是应该拨打 12345 试试。"

三个人待在房间里鬼鬼祟祟地密谋，引起了小米妈妈的注意。一听孩子们要拨打 12345，妈妈一把推开了房门。

小米只好把事情一五一十地告诉了妈妈，妈妈点点头说："现在就打热线吧。"

徐美丽担心自己会被送进监狱，还想阻拦，但是来不及了，管小正已经帮她拨了 12345。

"喂，您好，请问有什么需要帮忙的吗？"电话里传来说话声。

徐美丽见电话已经拨通，只好把树哥拖欠工资的事和盘托出。接线员听完事情的缘由，表示已经做了记录，为了尽快解决问题，还问徐美丽要了树哥公司的地址、联系人和电话，以及公司注册的法定代表人等信息。最后，接线员说："我们尽快给您核实这件事情。"

一个多小时以后，徐美丽竟然接到了树哥的电话。他一改之前的蛮横，语气和善地说："哎呀，美丽呀，何必呢？不就3000块钱的工资嘛，为什么非要打电话到12345那儿去呢？为什么非要把事情闹得那么大呢？你过来吧，我把工资给你。"

徐美丽听他没提要告自己的事儿，大着胆子道："我不过去，我怎么知道你是不是真的要给我工资？"

树哥说："哎呀，你都打电话给12345了，我还敢不给你工资吗？嗯，有话好好说，有话好好说嘛。"

最后，徐美丽在父母的陪同下去了树哥的公司。树哥赔着一脸的笑，又是倒茶又是递烟。

徐美丽的爸爸说："我们不抽烟，茶水我们也不喝了，把孩子的工资结了我们就走。"

树哥当场支付了徐美丽的工资，还说："这个——虽然你不在我这儿工作了，以后也不至于成为仇人吧？"

"反正不会成为朋友。"徐美丽的爸爸回道。

事后，树哥公司的一个员工告诉徐美丽，这个公司的法定代表人不是树哥，而是树哥的一个同学，12345 热线通过内部系统查到了公司法定代表人的电话，打了过去。那人一听树哥用自己的名字注册了公司，还因为不给员工开工资，让人举报到了 12345 热线，气得质问树哥："你到底用我的资质干吗去

了？你做了这么多事我都不知道！你赶紧注销了这家公司，不要再用我的名字招摇撞骗了。"树哥吓得不轻，这才赶紧把工资给徐美丽结了。

管小正说："我说什么呢？我说什么呢？能通过正常渠道解决的，为什么非得用非正常手段呢？"

"你说得对！要是一开始就听你的，徐美丽就用不着去偷红包了，可你一开始也没坚定地让她打 12345 热线啊。"小米说。

"一开始我只是想试试嘛。"管小正摸着后脑勺说，"不过，真是没想到，12345 热线真的会管公司欠工资的事！"

徐美丽说："看来以后遇到问题都可以打 12345 了。"

管小正说："你要是丢了猫，少了狗，还是自己想办法吧！可别动不动就打 12345 热线，热线热线，热线还得管更重要的事呢。"

小正笔记 ✏️

徐美丽打工要不到工资，就偷了老板的猫，这样做可以吗？

当然不可以。

就像我在劝徐美丽时说的，能通过正常渠道解决的，为什么非得用非正常手段呢？所以说，遇到问题不要冲动，要向爸爸妈妈寻求帮助，那个老板不就是欺负徐美丽年纪小才欠着工资不给的吗！如果她及时告诉爸爸妈妈，说不定工资早就要回来了，她也不用着急上火睡不着觉了。

知法小达人

《中华人民共和国劳动法》

第五十条　工资应当以货币形式按月支付给劳动者本人。不得克扣或者无故拖欠劳动者的工资。

第九十一条　用人单位有下列侵害劳动者合法权益情形之一

的，由劳动行政部门责令支付劳动者的工资报酬、经济补偿，并可以责令支付赔偿金：

（一）克扣或者无故拖欠劳动者工资的；

（二）拒不支付劳动者延长工作时间工资报酬的；

（三）低于当地最低工资标准支付劳动者工资的；

（四）解除劳动合同后，未依照本法规定给予劳动者经济补偿的。

《中华人民共和国刑法》

第二百七十六条之一　以转移财产、逃匿等方法逃避支付劳动者的劳动报酬或者有能力支付而不支付劳动者的劳动报酬，数额较大，经政府有关部门责令支付仍不支付的，处三年以下有期徒刑或者拘役，并处或者单处罚金；造成严重后果的，处三年以上七年以下有期徒刑，并处罚金。

单位犯前款罪的，对单位判处罚金，并对其直接负责的主管人员和其他直接责任人员，依照前款的规定处罚。

有前两款行为，尚未造成严重后果，在提起公诉前支付劳动者的劳动报酬，并依法承担相应赔偿责任的，可以减轻或者免除处罚。

阅读感悟